**솜이는 오늘도 귀여워**

인기 웹툰 '극한견주' 솜이의 좌충우돌 성장 포토에세이

# 솜이는
# 오늘도 귀여워

북극솜 & 마일로 지음

위즈덤하우스

## 작가의 말

어느새 〈극한견주〉를 완결한 지 1년 반이라는 시간이 흘렀네요.
시간이 왜 이렇게 빠르게 지나가버린 건지 모르겠습니다.

그동안 어서 차기작을 시작해야지라고 생각하면서 솜이랑 놀기만
한 것 같아요. 아침에 일어나서 솜이 산책하고, 밥 주고, 놀고, 또 산책하고,
빗질하고, 잠시 딴짓하다 밥 주고 또 산책을 하면 하루가 끝나 있더라고요.

그렇게 게으른 일상을 보내던 중 출판사의 제안으로
이렇게 솜이 포토북을 낼 수 있게 되었습니다.
〈극한견주〉에서 하고 싶은 이야기를 제법 다 끝냈다고 생각했는데
지금 보니 아직 할 말이 남아 있더라고요.
이번 기회에 남은 이야기를 좀 더 풀어보려 합니다.

솜이는 제법 어엿한 성견인 5살이 되었고, 2년 반 전에 저희 집에 왔던
햄스터 뽀솜이는 책 작업을 마무리하던 중에 해바라기씨 별로 돌아가게
되었어요. 안 그래도 빠르게 흐르는 시간인데 햄스터의 시간은 더욱 빠르게
흘러가버렸네요. 슬프지만 이 책은 뽀솜이에게 헌정하는
책이 되기도 하였습니다.

그래도 이번 포토북으로 행복했던 시간들을 영원히 남길 수 있게 되어서
정말 기쁩니다.

〈극한견주〉와 SNS를 통해서 솜이와 뽀솜이의 일상을 사랑해주셨던 분들께,
그리고 동물 친구들을 좋아하는 모든 분들께 흐뭇한 마음으로 읽을 수 있는
책이 되길 바랍니다.

## 등장인물

★ 이름 : 마일로
★ 직업 : 웹툰 작가
★ 작품 : 〈여탕보고서〉, 〈극한견주〉
★ 솜이와 살고 달라진 점 : 흰색 옷을 주로 입게
되었다. 털이 붙어도 잘 안 보이니까.

★ 이름 : 지연(언니)
★ 직업 : 웹툰 작가
★ 작품 : 〈모멘텀〉, 〈울프 인더 하우스〉
★ 솜이와 살고 달라진 점 : 수납을 열심히 하게
되었다. 물건이 밖에 나와 있으면 솜이가 부술 수도
있으니까.

★ 이름 : 솜
★ 나이 : 5살(2015년 생)
★ 가장 좋아하는 것 : 산책, 간식
★ 싫어하는 것 : 천둥 번개, 엉덩이랑 발 만지기
★ 특징 : 털이 많이 빠진다. 가족 중 SNS 팔로워가 가장 많다.
★ SNS : 인스타그램 @samoyed_som
트위터 @polersom

005

# 차례

# #01

아기 솜이는
이 세상
귀여움이 아니야!

# 솜이가 왔다

솜이가 우리 집에 온 그날 〈극한견주〉의 스토리가 시작되었다.
2015년 10월의 어느 날, 엄마가 강화도의 한적한 전원주택으로
이사하면서 어렸을 때부터 염원하던 강아지를 들이게 되었다.

입양 온 솜이는 초장부터 3kg이 넘는 슈퍼 베이비였다.
오동통한 몸에 부숭부숭 나 있는 털들.
까만 눈 코 입과 말랑말랑 젤리 발바닥.

"이 세상 귀여움이 아니야!"

하지만 그때는 미처 몰랐다.
앞으로 펼쳐질 '엄청난' 일들에 대해서 말이다.

어디서든 잘 자는 아기 강아지.

세상에서 가장 예쁜 건
자는 아기, 그리고 자는 아기 강아지다.

## 새로운 식구

나는 어려서부터 개를 좋아했다.
개에 대해서 관심 없는 사람이 보기에는
다소 부담스러울 정도로 말이다.
솜이가 오기 전에는 언제나 개를 그리워하며,
어디에서라도 만나고 싶어 했던 것 같다.

길을 걷다 산책 중인 개를 만나기라도 하면,
쓰다듬고 싶어서 손이 움찔움찔,
가까이 가고 싶어서 발은 초조…

그런 내 마음을 알았는지
개는 절대 안 된다던 엄마가
드디어 개 키우기를 허락해주었다!

난 어렸을 때부터 로망이었던 대형견을 키우기로 결심했고
첫눈에 반한 새하얀 솜덩이 강아지, 솜이를 데리고 오게 되었다.

솜이는 아기 때는 눈이 까맸는데 크면서 연해져서
지금은 호박색에 가까워졌다.

테이블 발견!
내게도 뭐든 입에 넣고 보는 개린이 시절이 있었다.

'빨리 줘라. 인간아!'
인간은 꼭 간식을 주기 전에 이것저것 참 주문이 많다.

아기 솜이는 하루가 다르게 쑥쑥 컸다.
1주일에 1kg씩 자라더니
7개월쯤에 이미 몸무게 20kg을 찍었다.

## 강화도에서

어렸을 때부터 줄곧 부산에서 살았던 나는
대학 졸업과 동시에 서울로 거취를 옮기기로 마음을 먹었다.

별달리 계획이나 이유가 있었던 건 아니었는데,
엄마와 언니까지 가세하여 어찌저찌하여
순식간에 강화도로 이사를 하게 되었다.

돌아보면 엄청난 결정이었는데,
옆동네로 이사가듯 아주 쉽게 이루어졌다.

강화도로 옮긴 이유는 전원생활을 꿈꿔 온 엄마의 바람 덕분이었다.
그곳에 살면서 나의 자취집을 알아볼 생각이었는데,
서울의 월세가 워낙 비싸 1년쯤 눌러앉기로 했다.

그러면서 솜이가 오게 된 거다.
지금 생각해 보면 아파트가 아닌 주택에서
솜이가 어린 시절을 보내 참 다행이다 싶다.

아기 솜이의 에너지는 도시가 감당하기에는
너무 어마어마했으니까.

## 누가 날 보고 있다?

우리가 살던 전원주택의 앞뒤, 옆으로 테라스가 있었는데,
이중 뒤쪽의 테라스는 솜이의 전용 공간이 되었다.
그때까지만 해도 털 날리고 어지럽힌다고 어머니로부터
집 안 출입이 통제되던 때라, 집 안 훔쳐보기가 낙이었던 솜.
그런 솜이 집으로 들어온 것은 제법 차가운 바람이
불어올 때쯤이었다.

먹을 때는
나도 껴줘~

"솜이도 들어가고
싶은데……."

# 우끼빡끼

4~5개월쯤 장모종 강아지들에게 나타난다는 원숭이 시기!
올 것이 오고야 말았다. 보송보송 귀여웠던 솜이의 얼굴에
확연한 3자 라인이 생겼다. 이갈이에, 말은 더럽게 안 듣고,
얼굴에는 원숭이 라인까지…….

개춘기가 분명하다!

원숭이 라인과 함께 찾아온 개춘기!
그야 말로 문제견 종합 선물 세트 같은 시기.
그래도 언젠가 반드시 편한 견주가 될 날이
온다고 생각하며 넘겨야 한다.

더위를 많이 타는 솜은 5월부터
얼음을 할짝인다!

쫄보는 바람에 날리는 깃털 하나에도 소스라치게 놀라는 법.
덩치값은 다음 생에 하는 걸로.

닭발이라고 부르고 사랑이라고 읽는다.

가을이다.
천고견비의 계절!
하늘은 높고 멈머는 털 찌는 계절이 왔다.

"바삭바삭 낙엽 밟기.
　재미있다!"

## 첫 털갈이

어느 봄날의 솜.

털갈이 시즌의 멈머는
손만 스치고 지나가도
털이 후두둑 날릴 정도로
털이 빠진다.

그런데 그렇게 빠져도 또 자라는 것을 보면,
솜이는 털부자, 털수르, 털괴물,
털무한리필, 털은행……

굉장한 녀석!

## 오늘의 훈련

살다 보니 아무리 기다려도 먹을 수 없는 게 있더라.
그런데도 왜 자꾸 기다리게 되지? 개존심 상하게.

## 산책의 즐거움

시골에서 살 때는
솜이 산책시키기가 참 편했다.

넓고 한적한 길에서
냄새도 실컷 맡고,
함께 달리기도 하고,
뒹굴기도 하고,
시원하게 볼일도 보고.

그런데 이것도 어느 정도 산책을
했을 때 이야기이다.

한 20분쯤 푸닥거리면
힘이 빠져 조용히 걷는데,
집에서 나갈 때는 극도로 흥분해서
천장을 뚫고 나갈 기세다.

오늘은 산책은 부디
별일 없기를…

"아, 몰라. 나 오늘 말리지마."
"우와~ 오늘 목욕 당첨이다!"

뒹굴 뒹굴

강아지가 잔디에 뒹구는 건
금요일 6시를 맞은 인간의 몸부림 같은 게 아닐까.

마른 겨울 잔디에서 뒹굴면 10분만 놀아도
마른 풀이 털 사이에 촘촘히 껴서 지푸라기개가 된다.

방심하면 펼쳐지는 솜이의 논두렁 레이스.
1초도 눈을 뗄 수 없다.

"언니, 기분 좋다. 그치?"

말도 많고 탈도 많은 산책이지만
그래도 솜이가 즐거워하면
그걸로 된 거다. 하하하…!

# 그래도 가끔은

무드를 즐길 줄 아는 솜.
이번 견생에 대해 사색 중인
생각 많은 아기 강아지입니다.

'동그란 저거 먹는 건가?'

이 녀석, 노을이 예쁜 걸 아는 걸까요?
아니면, 그냥 숨이 차서 쉬는 걸까요?

어쨌든 솜이 덕분에 저도 한 템포 쉬어갑니다.

# 친구를 만나다

무서운 마음 반, 반갑고 궁금한 마음 반.

## 노는 게 제일 좋아

솜이는 마당에 있는 무언가를 물고 질주하는 것을 좋아한다.
나뭇가지, 빗자루, 목장갑, 세수대야, 삽…
가끔은 무거운 망치를 물고 헤헤거리며 뛰어다닌다.

그럴 때면 버선발로 달려가 빼앗기를 무한 반복하는데,
솜이는 이것마저도 놀이로 생각하는 것 같다.
아무래도 내가 쫓아오는 걸 재미있어 하는 눈치다.

"꺄오~"

신이 난 강아지의
저 세상 텐션.

# 잔디만 보면 왜…

솜이는 실외 배변을 하고 있다.
하루에 세 번에서 네 번 정도 나가서 볼일을 본다.
웃기게도 볼일을 볼 때
선호하는 바닥의 재질이 따로 있다.
가장 선호하는 것은 바로 잔디이다.

쉬를 맞은 잔디는 오줌이 비료 성분이 되는 건지
그 부분만 이상하게 키가 자라고 색이 짙게 변한다.

그렇게 우리 집 마당 잔디밭은 왠지
들쑥날쑥 얼룩덜룩
이상한 모양이 되어버렸다.

# 북극솜

솜이는 10월에 우리 집에 와서
한창 어릴 때 첫 겨울을 맞이했다.

그래도 아직은 어려서 춥지 않을까 걱정했는데,
걱정은 우기였다.

시베리아 출신의 견종답게 남다른
찐한 겨울 사랑을 보여주었다.

눈밭을 질주하고,
눈을 와구와구 먹으며
집에 들어갈 생각을 안 했다.

난 추워 죽겠는데…

"솜이야, 정말 발도 안 시려?"

명절 때마다
나타나는 솜 공주님

"세뱃돈으로 닭가슴살 돌돌
말려 있는 개껌 사먹야지."

솜이가 오고 나서
행복한 순간들이 훨씬 더 많아졌다.
잠든 내 옆에 솜이가 살을 맞대고 누우면
설핏 잠이 깨는데, 그 순간 솜이를 보면
너무 사랑스러워서 이렇게 한참 있고 싶어진다.

## 귀여운 개토커

"언니, 편하게 씻어. 솜이가 지켜줄게."

씻으려고 화장실에 들어왔는데
앞에서 이러고 있으면…

내가 심쿵해? 안 해?

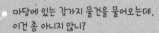

## 솜이의 놀이

마당에 있는 갖가지 물건을 물어오는데,
이건 좀 아니지 않니?

심각한 일이 있으신지
근엄한 표정으로 뛰는 아기 솜.

뭐 상관없나...
이야아압!

크르르릉!

이렇게까지 코를 박고 집중해서
맡고 있는 냄새가 뭘까?
어떤 녀석이 왔다 갔나 탐지 중?!

장난감을 물고 흡사 미사일처럼 달려오는
솜이의 질주 본능.

시골에서 산 덕분에 계절별로
자연 체험 학습 중인 개린이.

애교인 건지, 놀자는 건지 알 수 없는
무릎 사이로 코 박기 놀이.

던지면 팔이 나갈 때까지
물어온다는 공포의 공놀이.

뭐든지 빨려 들어가는
블랙홀. 먹든지 쥐뜯든지.

# #02

## 시골 개,
## 도시 개가 되다!

## 아파트에 사는 대형견

솜이는 2살까지 강화도의 전원주택에 살다가,
도시로 나오게 되었다. 아파트에서 큰 개와 살려고 보니
걱정되는 게 한두 가지가 아니었다.
짖는 것, 뛰는 것, 돌발 행동 등등…

다행히 솜이를 예뻐해주는 이웃들을 만나
지금까지 별 탈 없이 잘 지내고 있다.

재미있는 변화는 엄마와 따로 살기 시작하면서
솜은 그다지 따르지 않았던 엄마를
그리워하고 좋아하게 되었다는 거다.

엄마가 한 번씩 집에 오면 그야 말로 온몸으로 반기는데,
그런 솜을 보며 엄마가 자주 하는 말이 있다.

"자식놈들 키워봤자 다 소용없다."

## 훈련은 매너 있는 개를 만든다

솜이가 지금까지 할 줄 아는 건 '앉아, 손, 기다려, 누워, 짖어'다.
하지만… 간식이 없으면 꼼짝도 하지 않는다.
대가 없는 노동은 하지 않겠다는 뜻일까.
얄망스러운 녀석.

'기다려' 훈련을 할 때는 잘 기다리는 것 같다가
점점 사악한 얼굴이 되면서 기회를 노리는 걸 볼 수 있다.
그러다가 다 먹고 나면 세상 다 잃은 표정을 짓는다.
누가 보면 다른 개가 먹은 줄…

이래도 나 안 봐?

오늘은 원숭이가 희생되었다. 내일은 또 누가…
언니는 이 아수라 속에서 아무렇지 않게 일을 하고 있다.
대단하군.

파괴신의 후예.
여러분은 지금 능지처참의
현장을 보고 계십니다.

귀여운 건 크게 봐야 해

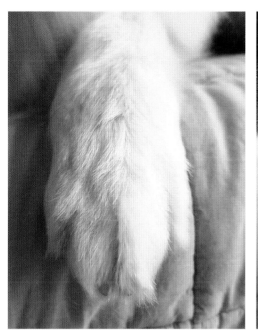

# 매일 하루 세 번

솜이는 실외 배변을 하기 때문에
매일 최소 하루 세 번은 밖으로 나가야 한다.

눈치가 얼마나 빤하지, 언니가 머리를 감거나
내가 바지만 갈아입어도 귀신 같이 산책 간다는 걸 알아챈다.

비가 오고 천둥이 치는 날에도 산책은 계속된다.

그것이 실외 배변을 하는 멈머와 사는 견주의 삶이다.
(쓸데없이 비장…)

# 대형견의 산책

한동안은 솜이를 산책시키면서
내가 솜이를 산책시키는 건지
솜이가 나를 산책시키는 건지 모를 정도로
마구 내달리는 솜이의 줄 끝에 무력하게
매달려서 날아다니기만 했다.

어떻게 하면 힘이 센 솜이와 사람 같은 산책을 할 수 있을지
이리저리 궁리하다가 가슴 쪽에 줄을 매는 하네스와
탄력이 있는 리드 줄 조합을 시도해보았고,
결과는 대만족이었다.

'드디어 사람 같은 산책을 할 수 있겠군!'

요즘은 제법 의젓하게 줄 간격을 맞춰서 산책하는 솜이다.
가끔씩은 옛날처럼 미사일개가 되어서 또 날아다니지만…

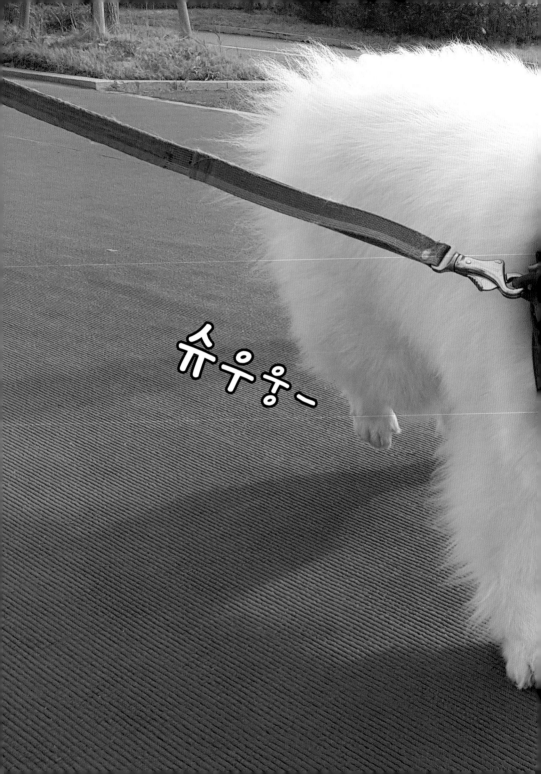

사람 앞에서는 난리 법석이지만 개 친구들 앞에서는 이런 쫄보가 없다.
그래서 솜이는 개 친구들이 많은 애견 운동장을 별로 안 좋아한다.

# 뒹굴뒹굴

솜이는 도깨비바늘이나 진흙, 고양이똥, 썩은 생선 등
속칭 '지지'라고 불리는 것을
몸에 묻히는 걸 매우 좋아한다.

몸에 묻히고 싶은 지지를 발견하면
얼굴부터 바닥에 주욱 비비면서 눕는다.

이런 행동은 뭔가 재미있고
멋있는 걸 발견했다는 의미라고 한다.

그래서 지지가 묻으면
자신감 만렙이 된다.
내 속도 모르고…

"오늘은 목욕이다!"

흙 목욕을 하는 솜.

"너랑 안 놀아."

# 목욕당하는 날

솜이는 보통 2~3주에 한 번 정도 목욕을 한다.
덩치도 있는 데다가 털이 많기 때문에 상당히 손이 많이 가기 때문이다.
그래도 그나마 씻기는 건 솜이도 좋아해서 그럭저럭 할 만하다.

진짜 일은 '건조' 단계부터이다. 1차는 타올, 2차는 드라이기…
그리고 어느 정도 마르면 빗질을 해줘야 하는데,
빗질을 싫어해서 간식을 조금씩 먹이면서 해야 한다.
그렇게 모든 절차가 끝나고 나면 보송한 솜이와 달리 나는 녹초가 되어 있다.

"안 돼!!"

침대 시트를 바꾸거나
새로 사면 꼭
이런 일이 벌어진다.

# 나비처럼 날아올라
# 벌처럼 쏠 거야

고구마 서리꾼의 눈빛. 오늘 기필코 내가 저거 먹고 만다.

온 얼굴로 말을 하고 있다.
코는 벌렁거리고, 눈은 간절하다.

"솜이 간식 하나만 주세요."

## 날 만져라 | 탄

나이를 먹을수록 만져달라는 요구가 많아지고 있는 솜이.
요즘은 시도 때도 없이 만져달라고 애교를 부린다.
좋아하는 부위와 싫어하는 부위도 있다.
만지면 싫어하는 부위 1위는 단연 엉덩이.
그런데 솜이가 만지면 싫어하는 부위는
인간적으로 너무 만지고 싶게 생겼다!!

얼굴과 가슴은 만져주면 좋아하는 부분이다.

솜 덩어리 솜이가 없었다면 아마도 내 인생은
지금보다 훨씬 더 좁고 외로웠을 거다.

나와 언니는 둘 다 검은 옷을 좋아하는데,
검은 옷을 입고 숨이를 안으면 회색 털옷이 된다.

# 날 만져라 2탄

"너무 귀여워서 가만있을 수가 없군."
만지작만지작 쪼물쪼물 쭈우욱~!

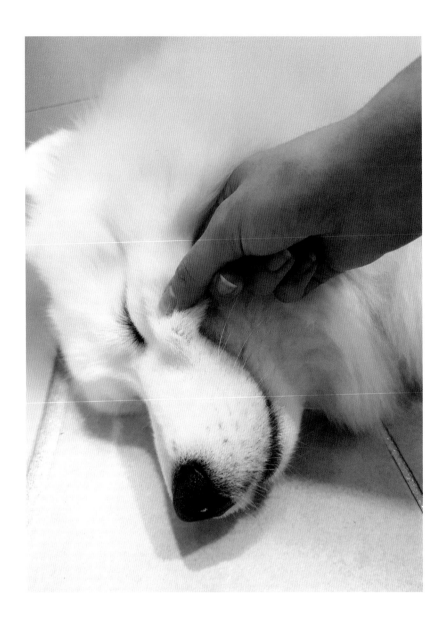

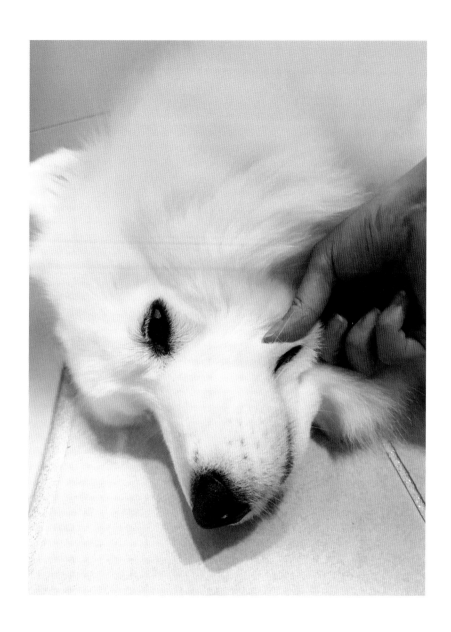

## 웹툰 작가와 강아지

알만 한 사람들은 다 알겠지만 나와 언니는 둘 다 웹툰 작가이다.
우리 둘은 장르도 다르고, 작업하는 방식도 다르다.

언니는 아침에 일어나자마자 방에서 종일 작업하는 편이고,
나는 방과 거실을 왔다 갔다 돌아다니면서 작업을 한다.

공통점이라면 솜이가 우리 둘의 작품에
모두 영감을 주었다는 거다.

어릴 적 사고뭉치 솜이를 보며 나는 〈극한견주〉를 그리게 되었고,
언니는 〈울프 인더 하우스〉를 구상했다.

통장을 다 바쳐도 아깝지 않은 솜이다.

(하루 세 번 산책까지 시켜주니, 이 얼마나 고마운가…!)

마감이 괴로운 웹툰 작가와
세상 고민 없는 강아지.

케이툰에서 2017년부터 2018년까지 연재했던
〈극한견주〉가 단행본으로 출간되었다.
나야 내 강아지 이야기니까 당연히 그리면서 재미있었지만
다른 사람들에게도 그럴까 걱정을 많이 했었다.

감사하게도 많은 분들이 사랑해주셔서 안도할 수 있었다.
솜이를 예뻐해주는 독자분들과 랜선 이모 삼촌들에게
진심으로 감사의 인사를 전하고 싶다.

"솜이, 윙크!"

# 솜이는 달리고 싶다

산책 후 전투적으로 물을 먹는 숌.

찹찹찹. 짤까닥짤까닥타타탓꿀렁꿀렁.

'충분한 산책'은 개가 지쳐서 잠들 수준의 운동량인데,
산책을 다녀오면 어째 나만 지쳐서 잠들고
솜이는 멀쩡한 날이 많다.
그래도 오늘은 성공한 것 같다.

# 멍솜

그 작은 머리로 대체 무슨 생각을 하고 있을까?
궁금하다.

"솜이 여기 있었네!"

왜 이러고 있는 걸까.
아무래도 귀척을 하고 있는 게
틀림없다.

# 솜이의 은신처

천둥번개가 세상에서 제일 무서운 솜은
번개가 치면 어김없이 화장실에 숨는다.
하필이면...

아가 시절, 박스 집이 첫 집이었는데
천으로 된 소프트 켄넬로 입주한 솜.

나의 발 냄새를 맡을 수 있는
테이블 구석 1열.

사고 치고 작업실 책상 밑으로 숨으면
누가 모를지 알고?

여름에 더워서 시원한 곳이라면
어디든 찾아 들어가는데,
구석구석 잘도 찾는다.

송이의집

숨바꼭질을 하기에는
너무 큰 너.

여름에는 작은 그늘이라도
사모예드에게는 소중한 법.

# #03

## 솜이와
## 친구들

동물을 좋아해 솜이를 기우기 진까지
꾸준히 다양한 설치류들을 키워왔었다.

솜이와 함께 살면서 한동안 잊고 살다가
어느 날 SNS에서 유기 골든햄스터의
가족을 찾는다는 글을 보고
새로운 가족을 맞이하게 되었다.

"반가워, 뽀솜아.
이제 해바라기씨 길만 걷자."

# 작고 소중해

뽀솜이는 추정 나이 3~5개월의 사랑스런 암컷 햄스터였다.
모색은 고급진 헤테르 그레이! 뽀솜이는 우리 집에서
작은 솜 덩어리 역과 초귀여움을 맡고 있다.

뽀솜이가 집에 온 뒤, 솜이는 뭐가 그렇게 신기한 건지
자는 것도, 산책하는 것도 줄여가며 뽀솜이를 관찰했다.
개부담스럽게!

야행성인 햄스터는 낮에는 숨어 자다가 밤이 되면 분주해진다.

토실 토실

쉬 할 때 아니고서는 낮에는 웬만하면 궁둥이만 보여주는 뽀솜이.

# 혼자 바쁜 뽀솜이

단독생활을 하는 햄스터,
뽀솜이는 솜이에게 전혀 관심이 없었다.
사실… 솜이뿐만 아니라
우리에게도 별 관심이 없었다.
오로지 자기 방에서 놀고, 먹고, 쉬고, 자며
매일 바쁜 하루를 보낼 뿐이다.

# 이만하길 다행

3일 밤낮을 뽀솜이를 쳐다보며 '힝힝~' 끙끙 앓던
솜이의 사랑은 다행히 일주일로 일단락되었다.

생각해 보면 솜이는 강화도에서 살 때 마당에서
키우던 백봉 오골계와 청계도 엄청 좋아했었다.
특히 병아리를 더 좋아했던 기억이다.

작은 동물이 뽈뽈뽈 움직이는 것을 보면 신기한 걸까?
뭔가 하찮고 귀엽다.

# 식물을 잘 부탁해

어려서부터 덕질에 일가견이 있었던 나는
최근 식물에 빠져 식물 덕질 중이다.

정성을 쏟는 만큼 예쁘고 튼튼하게 자라
뭔가 뿌듯하기도 하고, 정서적으로 안정감이 들어
'크레이지 가드너'의 길에 들어서게 된 것 같다.

"흠. 공기가 나쁘니
화분을 더 살 수밖에."

합리화는 덕질의 원천이다.

그렇게 하나둘씩 늘어
이제는 베란다를 점령한 나의 식물들.
보기만 해도 배가 부르다.

안 돼!

솜이는 식물들이 있는 베란다에서 자주 잠을 잔다.
시원한 공간을 귀신같이 찾아내는
솜이의 남다른 재능.

귀여운 게 멋진 거다

솜이는 '귀여워'를 무슨 뜻으로 생각하고 있을까.
맨날 자기 보면서 '귀여워!'거리니 말이다.
어느 날은 핸드폰을 보며 '귀여워!' 그랬더니
'나???' 하고 홱 쳐다본다.

모자 쓰고 꾸러기가 된 솜.

쿨톤인 솜이는 안 어울리는 게 없지!

솜이 오늘
파티 가?

하이힐을 샀다. 내가 신기 전에 기념으로 솜이에게 먼저
신겨보았다. 제법 사이즈가 맞는 게 귀엽다.

뭔가 어렵고 힘든 일 있으면 상담해야 할 것 같은 솜.
집에 늦게 들어오면 왠지 앉아보라고 할 것 같은 솜.

# 양말 도둑

하나씩 사라진다. 범인은 늘 귀엽게 훔친 물건을 물고 있다.
바보인 것인가. 아니면 관종인 것인가.

# 철든 강아지

개춘기 시절, 내 소원은 밖에서 커피 마실 때만이라도
솜이가 옆에 얌전히 앉아 있는 것이었다.

그런데 1살이 되자 정말로 갑자기 이성이라는 것이 생겼는지
철든 강아지의 면모를 보이기 시작했다.

'슬슬 극한 견주가 아니라
편한 견주가 되어가는 느낌이군.'

그렇다고 사고를 치지 않는 건 아니다.
차이점이라면 아기 때는 사고를 쳐도 마냥 해맑았는데,
지금은 '생각'이라는 것을 하게 된 느낌이랄까.

여하튼 이제 나도 밖에 나가서 커피 한잔 정도는
마실 수 있는 견주가 되었다!

솜이가 사고치는 패턴. 얌전한 척하면서 숨을 고른다.

방심하는 틈을 노리거나 순간 탈이성하여 제 몸을 던진다.

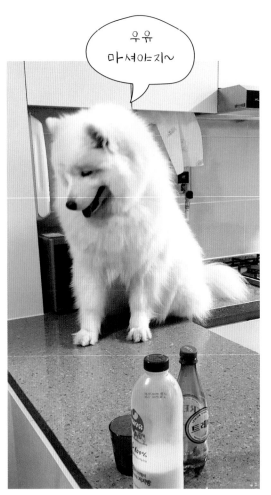

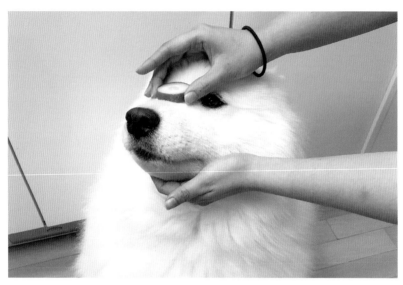

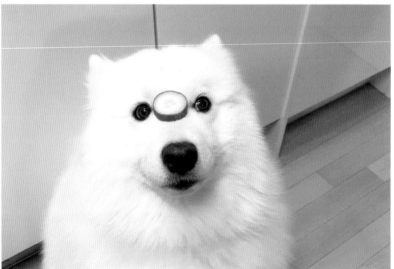

## 공포의 터그 놀이

우리 집에는 터그 놀이를 위한 다양한 장난감이 있다.
실타래 장난감, 공이 달린 장난감, 그리고 내 인형, 수건, 양말…
물을 수 있는 건 모두 그 대상이 된다.

집에 온 손님들은 방문 절차의 일환으로 이 터그 놀이를 해주어야 한다.
솜이가 성에 차면 터그 놀이는 대충 끝이 난다.
만족스런 표정의 솜이와 달리 손님은 어딘지 퀭해지고 만다.

낑차~

"언니가 너무 심심해 보이는군!"

"솜이가 터그 놀이 해줄게."

# 우린 서로 다르지만

또 다시 겨울이 왔다.
겨울이 되면 산책에 대한 마음가짐이 좀 달라진다.
나가기 전에 한껏 움츠러들고,
하루 세 번 외투를 입고 벗는 것도 일이기 때문이다.

털 없고 추위를 많이 타는 나에게
겨울은 매서운 계절이다.

하지만 반대로 솜이에게는 가장 쾌적한 계절이다.
다른 계절에는 늘 더워 보였는데,
겨울에는 그런 기색이 전혀 없다.

더 찔 털이 있을까 싶은데
겨울이 되자 다시 털이 찌기 시작했다.
강화도에 살 때는 솜이 털 뽑은 걸로
닭 둥지에 깔아줬었는데…
이 많은 털을 그냥 버리자니 아까운걸.

눈싸움을 하면 매번 사나운 얼굴로 점프해서 받는다.

맹수나셨네…

215

미국의 한 수의과대학에서 발표한 '추운 날씨 안전 척도 및 가이드라인'에
따르면 소형견, 중형견의 경우 영하 4℃부터 외부 활동이
위험할 수 있고, 영하 6℃ 이하부터는 생명이 위험할 수 있다고 한다.
대형견의 경우에는 영하 9℃ 이하의 날씨부터는 조심해야 한다.
추운 겨울엔 강아지 친구들도 옷을 따뜻하게 입고 나가자!

노곤노곤하니~
잠이 솔솔~

## 개를 대하는 인간의 자세

솜이를 키우기 전에는 몰랐다.
우리 언니가 이렇게 희생이 넘쳤는지.

언니는 몸을 날려 견생샷을 건졌고,
나는 그런 언니의 모습을 담았다.

"언니, 나도 그렇게 찍어줘!"

대답 없는 언니…

내 손은 솜이
조동이 받침대.

왜, 자기 물 놔두고 내 물을 먹는 걸까.
내 컵이 오염되고 있다!!!

## 솜이의 희한한 행동

솜이는 문이 반쯤 열려 있으면 못 들어오고 쩔쩔맨다.
그냥 밀고 들어오면 되는데, 문 앞에서 안절부절못하며
빤히 쳐다본다.

문을 열어주면 그제야 신나서 후다닥 뛰어 들어온다.
도대체 왜 이러는 걸까?

'개상전이 따로 없군.'

솜이는 어쩌면 뼛속까지 공주님일지 모른다.

간식이 없으면 겨우겨우 잡을 수 있는 손!
표정에서 '귀찮음'을 읽을 수 있다.
도도하기가 아주 하늘을 찌른다.

그래도 솜이를 위해서라면
못 할 게 없는 우리 자매.
우린 가족이니까.

# 솜이의 동물 친구들

산책 중에 종종 만나는 길냥이들은
솜이를 경계한다. 그러거나 말거나
고양이가 궁금한 솜.

엄마 집에서 키우던 오골계는
솜이의 관심을 부담스러워했다.

솜이는 사람보다 동물 친구들을 더 좋아해서,
새로운 친구들을 만나면 꼭 한참 서서 관찰을 한다.
누가 누굴 구경하는지 모를 일이다.

호기심 많은 새끼 염소.
엄마 염소는 뒤에서 바짝 긴장하고 있다.

아직은 어색한 사이인
아기 강아지, 강쥐.

솜이가 가장 자주 만났던,
이제는 해바라기씨 별로 떠난
시크한 귀염둥이 뽀솜이.

크레이지 가드너 언니 덕분에
다양한 식물과 동거 중인 솜.
제발 건들지만 말자.

서로를 신기하게 쳐다보는
젖소 친구들과 솜이.

# #04

## 여름은
## 너무 더워!

쭈욱!

## 솜이는 드라이브 중

오늘은 엄마 집 가는 날.
아는지 모르는지 솜이의 얼굴에 기대감이 가득하다.

창문을 열어주자 마음껏 코를 벌렁이며 드라이브를 즐긴다.
문제는 우리 코도 벌렁인다는 거다.
바람 때문에 안 그래도 많이 빠지는 털이 더 빠져
차 안은 거의 화생방 수준…

"뿡취~"

어이없게도 자기 털에 자기가 재채기를 하는 솜.

엄마 집에 오면 솜이는 아기 강아지처럼 신나게 논다.
수돗가의 물을 틀어주면 이렇게 물줄기를 잡겠다고 열심이다.

244

"신나니까 비벼볼까!"

"오늘 기분 째진다~"

# 엄마와 솜이

처음에 엄마는 솜이에게 다소 싸늘한 편이었는데,
지금은 자식 그 이상으로 아낀다.

6~8개월쯤 솜이를 애견 훈련소에 보낸 적이 있다.
그때 온 가족이 '솜이 보고 싶다' 병에 걸려
그 말을 시도 때도 없이 되뇌었는데,
엄마도 그 중 한 사람이었다.
결국 솜이는 석 달을 채우지 못하고 중퇴해 집으로 돌아왔다.

떨어져 있으면 소중함을 알 수 있는 법,
엄마의 애정도 이렇게 증명되었다.

아이고,
이쁜 우리
솜~

엄마,
최고~

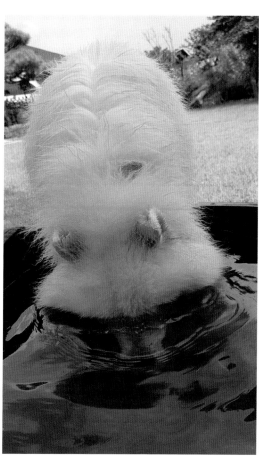

물속에 코를 넣고 뿌그르르거리는 걸 하는데 너무 신기하다.

사모예드는 겨울보다 여름에
더 준비할 게 많다.
물병에 물은 항상 채워두어야 하고,
얼음도 자주 얼려두어야 한다.
그리고 쿨매트도 사두면 요긴하다.
솜이의 경우는 오래 가지 못했지만…

쿨매트를 샀다. 냉장고에 넣어두면 금방 시원해져
냉동고에 넣었다가 꽁꽁 언 쿨매트를 솜이가 할짝이다 아작을 냈다.
과욕이 부른 참사…

솜이

동절

"언니, 이거 정말 쿨매트 맞아?"

크아악!

"더워! 더워! 솜이 덥다고!!!"

## 솜이가 엄마야

솜이는 10개월쯤 되었을 때 첫 생리를 했다.
생리 기간은 약 3주 정도로 예상보다 길었다.
그 기간 동안에는 위생 팬티를 입히는데,
배변 시에는 다시 벗겨주어야 해서 일이 꽤 많았다.
무엇보다 부쩍 예민해져 지켜보는 우리도 다 살얼음판이었다.
강아지들에게도 생리 전 증후군이 있다니!!

솜이의 경우, 마치 임신이라도 한 양
오리 인형을 자신의 새끼처럼 돌보기도 했다.

오리 인형에 대한 집착은 중성화 수술 이후
언제 그랬냐는 듯 사라졌다.

철부지 솜이가 아기를
돌보는 행동을 하다니!

# 여름 미용

개들의 털 종류는 단일모와 이중모로 나뉜다.
단일모는 속, 겉털 구분 없이 한 종류의 털로만 이루어져 있다.
대표적인 견종으로는 몰티즈, 푸들, 요크셔테리어 등이 있고,
대개 털이 많이 빠지지 않는다.

이중모 견종은 털이 속털과 겉털 이중 구조로 되어 있고,
계절마다 털갈이를 한다. 털 좀 빠진다는 친구들이 여기에 속한다.

이중모 친구들의 경우 털을 클리퍼로
짧게 바짝 밀면 부분적으로나 혹은 전체적으로
털이 나지 않는 '클리퍼 증후군'에 걸릴 수 있다.
그래서 되도록 밀지 않는 게 좋다.

솜이 역시 똥꼬와 발 털을 정리하는 위생 미용 외에는
털을 밀어본 적이 없는데, 한 여름에 너무 더워해서
배 부분만 살짝 밀어줘봤다.

그러자 솜이의 동공이 커졌다.

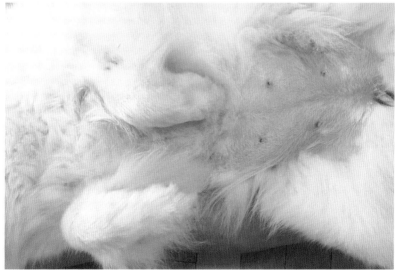

뽀숨이 집에도 에어컨 설치 완료!

시원한 재질의 도자기 집은 여름에 딱이다.

# 대형견이 수박을 먹는 방법

# 약속 꼭 지켜!

솜이는 여타의 강아지들처럼 먹을 걸 너~무 좋아한다.
그래서 항상 인간의 음식을 호시탐탐 노린다.
특히 엄마나 손님이 오면 더 안달이다.
애교를 부리면 넘어올 거라고 믿는 거다.
이럴 때 보면 정말 사람이 아닌가 싶다.

음식을 먹을 때마다 하도 귀찮게 해서 교육 차원에서
잘 기다리면 보상으로 마지막 한 입을 나눠주기 시작했다.

훈련의 효과는 좋았다.
솜이는 마지막 한 입을 기다리며 그 힘든 시간(?)을 잘 참아냈다.
그러다 한 번은 나눠주는 것을 깜박한 적이 있는데,
육성으로 '더러운 배신자'라고 말하는 것 같았다.

엄청난 눈빛이었다…

우르릉!

쿠르릉!

솜이 무서워요~

솜이가 무서워하는 것 Top 1위, 천둥 번개!
천둥이 치면 화장실로 들어가 숨는다.

솜이의 단골 피신처는 화장실, 옷장이다.
귀를 덮어주면 덜 무서울까 싶어
헤어밴드로 덮어주었다.

# 신발 신은 강아지

눈과 비가 오는 날이면 발이 엉망이 되어서
엄마가 솜이에게 신발을 사주었다. 발이 네 개라서 신발도 네 개!
강아지를 키우면서 '괜한 돈을 썼군' 하는 때가 종종 있는데,
신발 구입은 거기에 해당된다.

한 번 신고 신발장 행이 된 강아지 신발.
지저분해진 발을 씻기는 것보다 네 개나 되는
신발을 신기고 벗기는 게 더 귀찮기 때문이다.
결국 귀여운 것 외에 기능이 없었다…

신발을 신고 볼일을 보러 나간
솜은 신발 때문이 아니라
비 때문에 한참을 머뭇거렸다.

# 밀짚모자를 쓴 솜

# 버킷리스트

강아지와 함께 캠핑이라니!
캠핑 사진을 보자마자 '바로 이거다!' 싶었다.
솜이와 함께할 수 있는 여가 활동으로 딱이었다.

그리하여 야심차게 구입한 우리의 텐트!
솜이랑 캠핑한다고 텐트에 들어가서 문 닫고 누웠는데,
솜이가 나가고 싶다고 질주해 텐트가 햄스터볼 구르듯이
뒤집어져 같이 굴렀다.

생각지도 못한 전개였다.

1인분인 솜이를 위해 5~6인용 텐트를 준비했다.

나중에 먹을라고 고구마를 땅에 묻고 온 솜이.

## 가끔씩은 별식

닭가슴살을 삼십 개나 샀는데 내 취향이 아니어서
솜이에게 선심 쓰는 척 나눠주었다.
밥그릇에 구멍이 뚫릴 수준으로 싹싹 먹고,
아쉬운지 밥그릇 주변에서 서성인다.

천천히 먹으면 좋으련만, 너무 빠른 속도로 순삭이다.
"솜이야, 이빨은 씹으라고 있는 거야."

나도 먹기 힘든 황태 해장국.
사라지기 1초 전.

# 등산이 좋아!

솜이는 등산을 제일 좋아하고, 공원이나 도심에서 산책하는 건
싫어한다. 시골개 출신인 솜이는 문명이 싫다!

헥!

293

# 너 뭔데?

아기 개의 텐션이 부담스러운 솜이.

친한 작가님의 반려견인 이 친구 이름은 귀엽게도 '강쥐'다.

집에 갈 때쯤 조금 가까워진 두 친구.
다음엔 더 친해지길 바라.

# 멜론이 된 강아지

# 산타가 된 솜

산타가 되었지만 일은 하기 싫은 솜.
12월 25일까지 과연 배달을 모두 마칠 수 있을까?

잠이 모자른 산타 솜이는 다시 주무실 예정…

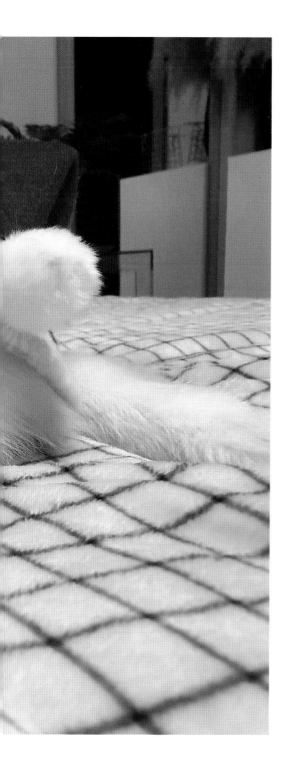

"어린이들아~
선물 배달 못 가도
너무 속상해하지마.
내년 크리스마스 때까지는
보내줄게."

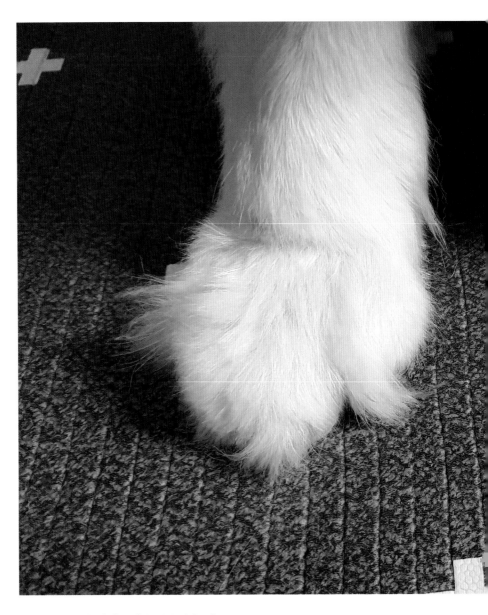

털이 자라 사랑스러운 부숭부숭 발.

# 솜이에게 바라는 것

솜이는 동물병원을 무서워한다.
왜인지 엉덩이를 의자 안쪽에 밀어 넣고 앉아 있다가
의사 선생님의 얼굴만 보면 번개같이 도망간다.
진짜 1초만에 발사되어버린다.

하지만 곧 무력하게 들려서 진료실로 들어가는 솜.
진료를 시작하면 안 할 거라고 발광을 해서
병원분들이 넘어지고 구르는 상황이 연출된다…

진료를 마치고 집에 가면
심하게 마음이 상했는지 밥도 안 먹고
퉤퉤 뱉다가 조금 기분이 풀리고나서야
한 그릇을 뚝~딱 비운다.

'언니도 솜이 병원에 가는 일 없었음 좋겠어.'

만약 솜이가 딱 한 가지 말을 할 수 있다면,
아플 때 아프다고 말해주었으면 좋겠다.

솜이야, 오래오래 건강해.
우리 대학도 가고, 대학원도 가자.

# 솜이는 멋쟁이

한때 에어로빅 장에서 춤으로
짱 먹은 춤신춤왕.

컨셉, 성공한 CEO의 프로필 사진.

이렇게 찰떡 같이 소화하니,
내가 장난을 쳐? 안 쳐?

1년에 두 번 볼 수 있는 한복 입은 모습.
솜이는 한복 단벌 숙녀다.

HAVE
FUN
PLAY

털이 너무 날려서 내 티셔츠를 입혔다.
소매만 수선하면 그럭저럭 입을 만하겠는걸.

강아지 숙면을 위한 꿀템.
어떻게 사이즈가 딱 맞냐!

뭘 걸쳐도 어울리지.

한시도 가만있지 않는 주인 때문에
'극한 견생'을 살아가고 있는 솜이다.

# #05

## 강아지는
## 사랑하는 것

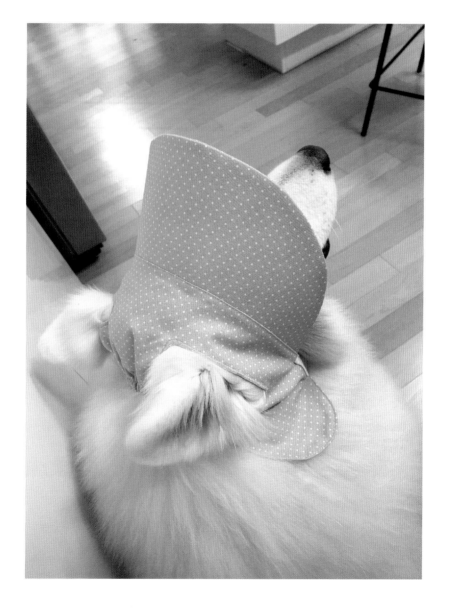

# Special pages

## 「극한견주」
## 그 이후의 이야기

# 2편 근육 공주

아파트를 산책하던 중 못 보던 꼬마 래트리버를 만났다.

끼약, 귀여워!!!

개다!

안녕하세요! 처음 보는 강아지네요!

킁킁킁

네, 며칠 전부터 같이 살게 되었어요. 이름은 공주예요.

킁킁킁!

너무 큰 개!!!

깜짝!

자기보다 큰 개는 처음 봐서 무섭나 봐요.

힝구! 달달달달….

으악, 귀여워!!!

그 뒤로 종종 만나게 된 래트리버 친구 공주.

와! 오랜만이에요! 공주, 안녕?

컹컹!

허헉!

안녕하세요~ 안녕, 솜이야?

공주는 볼 때마다 커지는군요! 벌써 솜이만 해졌어요!

?

할할할할걀걀걀!!!

저번에는 무서워서 숨더니 이제는 용기가 생기나 봐요.

그렇게 몇 달 뒤...

앗...?! 안녕하세요!

솜이야~ 안녕하세요!

쓰윽...

두둥-! 근육

공주!

헉, 고... 공주?!

# 3편 만만한 애

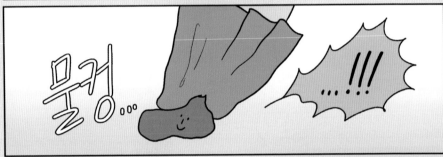

비닐 너머로 느껴지는
차가운 온도를 통해

이것이 다른 개의 똥이라는 걸
알 수 있었다.

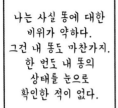

나는 사실 똥에 대한
비위가 약하다.
그건 내 똥도 마찬가지.
한 번도 내 똥의
상태를 눈으로
확인한 적이 없다.

...

절대로 뒤돌아보지 않고
뚜껑을 재빨리 닫은 채
물을 내린다.

똥 얘기를 길게
하는 것도 싫다.

식단을 바꿨더니
똥이 완전히 황금똥인 거야~!
정말 훌륭한 황금똥이었어!

심기
불편

산책하는
강아지를
귀여워하면서
보다가도,

귀여워~
주인분이랑
머리 스타일이 똑같아.

똥을 싸는
순간엔 급하게
시선을 돌린다.

급똥타임

휙

## 5편 사랑을 몰랐던 나

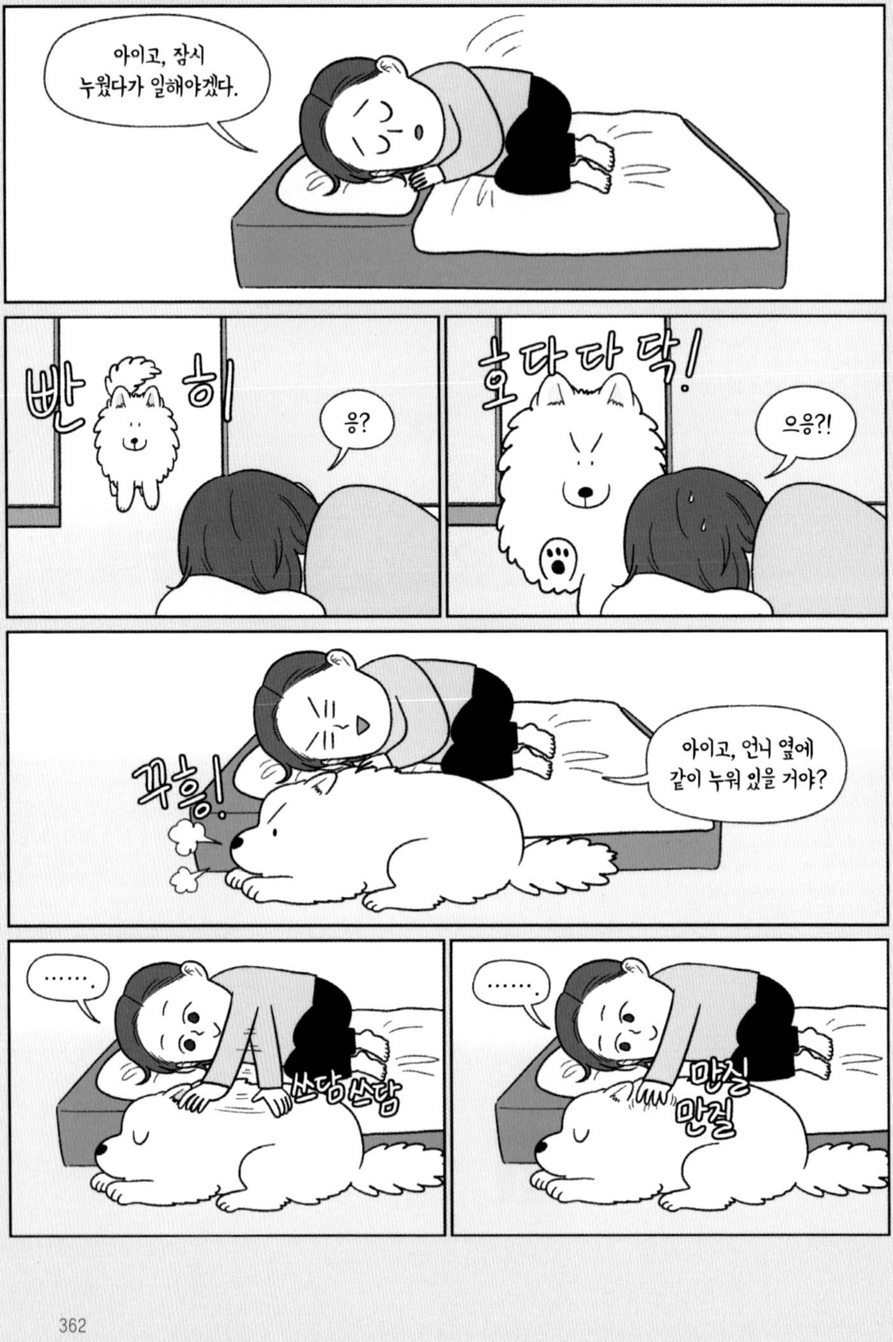

지금 이 순간이 너무 행복하다.

이대로 시간이 멈춰버렸으면 좋겠어.

음?! 이 익숙한 대사는?

로맨스 장르에서 지겹도록 나오는 대사랑 같잖아?

이대로 영원히 시간이 멈췄으면 좋겠소….

흐음~!

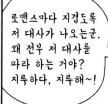

로맨스마다 지겹도록 저 대사가 나오는군. 왜 전부 저 대사를 따라 하는 거야? 지루하다, 지루해~!

…라고 항상 생각했었는데 말이지!

많은 사람들에게 공감이 되는 대사니까 자주 쓰이는 거였어!

흥미롭군. 나는 지금에서야 그 대사가 담고 있는 감정을 알게 되었구나…!

363

## 6편 대머리 솜이

날씨가 더워졌다.

에휴, 덥겠군.

빡빡 밀어줄까?
그럼 시원할 텐데.

그건 좀… 그렇지 않을까?

생
솜

흠… 어쩔 수 없지.
이번 여름에도 배만 좀 밀어주자.

마침 이런 포즈로 자고 있으니
지금 밀어야겠다.

위잉~

…?

365

이 일을 친구들한테 얘기했더니…

자는 사이에 배털을 밀어줬는데 킹 하고 소리를 지르더니 배를 가리는 거야!

개털을 깎으면 자존감이 낮아진다고 들었는데 사실인가 봐.

음… 솜이의 입장에서는 그렇게 느끼지 않으려나.

네가 자는 사이에 어머니께서 너의 정수리 털을 밀어주신 거지.

아이고, 더워 보이네. 시원하게 밀어주자.

지이이잉~

으악, 내 머리!!!!!

시원~하고 좋잖아!

그렇게 생각하니 정말 끔찍하군!

몹쓸 짓을 한 것 같아 미안했지만,

다행히 솜이는 배를 밀었다는 사실을 곧 까먹은 듯했다.

멍충…

쓰담쓰담

히히, 핑크 배 귀여워.

**8편** 지능 테스트

강아지를 담요로 덮었을 때
빠져나오는 속도를 보고
지능을 추측해볼 수 있대.

오…!
당장 해보자.

얍!

⁉

……

뭐지?

누워버렸다.

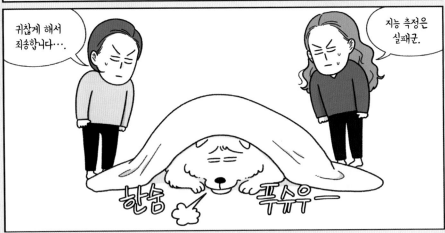

# 9편 털 뿜뿜

나는 원래 검은색 옷을 즐겨 입었지만,

헉…
옷에 털이 잔뜩
붙어 있네.

털뿜뿜…!

어차피 떼어내봤자
계속 붙을걸.

솜이가 온 뒤로는 흰색 옷을 즐겨 입고 있다.

이이이, 털 붙어도
하나도 티 안 난다!

뿜! 뿜!

그래서 요즘은 빨래 건조대를 보면
흰색 옷만 주르륵 걸려 있다.

음… 백의 민족…

백구

반려동물들의 털 색에 따라서 보호자의 옷 색들이 맞춰지는 걸 보면 정말 재미있다.

검은개=검은옷

삼색이 +치즈
=베이지옷

검은개 +흰개
=흰색옷

373

솜이의 털이 왠지 계속해서 길어지고 있다.

어릴 때보다 더 뚱뚱한 실루엣이 되었군.

왜 털이 계속 자라는 거지?

이대로 계속 자란다면 엄청난 실루엣이 되겠는걸.

털의 정령!

실제로 나이 든 사모예드들을 보면 많이들 이런 느낌으로 자라 있다.

솜이가 하고 있는 목걸이에는 솜이의 이름이 적힌 큼지막한 펜던트가 달려 있는데,

벼룩개모양 펜던트 →

2살 때까진 잘 보이던 펜던트가 요즘엔 털 속에 완전히 파묻혀서 전혀 보이지가 않게 되었다.

뜬실       뜬실

이쯤에 있음

〈극한견주〉에서 줄을 매고 있는 솜이를
이런 식으로 표현하고는 했는데

몸속에서
줄이 나오고 있음.

당시에는 그리기 귀찮아서 이렇게
표현했었는데, 지금은 정말
이런 모양이 되어버렸다.

숨겨진 하네스의 실제 모습

솜이 살찐 거예요?
뚠뚠해졌네.

아니에요.
털찐 거예요!

뚠뚠!

사실은 살도 조금 쪘습니다.

같이 다이어트하자,
솜이야⋯.

통통

같이 살찜.

통통

**뽀솜아, 안녕**

어느 날 보니 뽀솜이의 배에
염증이 생긴 것 같았다.

힝서
입니다.

흠…

흠… 예전에 특수 동물을 진료해주는 병원
알아놨었는데 거기로 가봐야겠다.

특수 동물이란, 개랑 고양이를 제외한 다른 반려동물들을
말하는데, 고슴도치, 토끼, 앵무새, 햄스터 등을 가리킨다.
이런 특수 동물들은 특수 동물을 진료할 수 있는 병원을
찾아가야 더욱 전문적인 진료를 받을 수 있다!

고슴도치!

토끼!

앵무새!
진규전문이
따로 있기도…

햄스터!

인터넷에 사는 지역과 '특수 동물'을
검색해보면 진료 가능 병원을 찾을 수 있어요!

그러고 보니 옛날에 펄 햄스터인 '쥐돌이'를 키웠을 때
일반 동물 병원에 데리고 간 적이 있었지.

쥐돌이

배 쪽에
상처가 생겼어요!

쥐돌?

흠….

동네
동물병원

약간 당황함.

그럼, 어디 볼까요?

등 가죽을 잡아서 들었다.

…!!!

띠용!!!

# 솜이는 오늘도 귀여워

초판 1쇄 인쇄 2020년 1월 8일
초판 1쇄 발행 2020년 1월 15일

**지은이** 북극솜 & 마일로
**펴낸이** 연준혁

**이사** 이진영
**책임편집** 조한나
**뉴북팀** 박혜정 김해지
**디자인** 조은덕

**펴낸곳** (주)위즈덤하우스 미디어그룹  **출판등록** 2000년 5월 23일 제13-1071호
**주소** 경기도 고양시 일산동구 정발산로 43-20 센트럴프라자 6층
**전화** 031)936-4000  **팩스** 031)903-3893  **홈페이지** www.wisdomhouse.co.kr

값 18,000원
ISBN 979-11-90427-75-3 03810

이 도서의 국립중앙도서관 출판시도서목록(CIP)은 서지정보유통지원시스템 홈페이지(http://seoji.nl.go.kr)와 국가자료공동목록시스템(http://www.nl.go.kr/kolisnet)에서 이용하실 수 있습니다. (CIP제어번호: CIP2020000744)